A la orilla del viento...

Coordinador de la colección: Daniel Goldin
Diseño: Joaquín Sierra Escalante
Dirección artística: Mauricio Gómez Morin

Regalo sorpresa

Texto e ilustraciones de Isol

FONDO DE CULTURA ECONÓMICA

Primera edición,   1998
Segunda edición,   1999
   Tercera reimpresión,   2005

Isol
   Un regalo sorpresa / Isol. — 2ª ed. — México : FCE, 1999
   33 p. : ilus. ; 19 × 15 cm — (Colec. A la Orilla del Viento)
   ISBN 968-16-6151-6

   1. Literatura infantil I. Ser II. t

LC PZ7   Dewey 808.068 S677r

Comentarios y sugerencias: editor@fce.com.mx
www.fondodeculturaeconomica.com
Tel. (55)5227-4672 Fax (55)5227-4694

D. R. © 1998, Fondo de Cultura Económica
Carretera Picacho-Ajusco 227; 14200 México, D. F.

ISBN 968-16-6151-6 (Segunda edición)
ISBN 968-16-5717-9 (Primera edición)

Impreso en México • *Printed in Mexico*

◆ TODO EMPEZÓ por casualidad.

Abrió una puerta y ahí estaba
su regalo de cumpleaños.

No había nadie en casa...

y faltaba un día para que
Nino cumpliera un año más.

"¡Los regalos cada vez vienen más tontos!",
pensó.

Siempre le había
parecido que un
armario no era
un lugar muy
inteligente
para esconderse.

Nino también encontraba muy bobo
tener que esperar un día más para abrirlo.

Lo miró largo rato,
hasta ocupar toda su cabeza
con una sola pregunta:

Pensaba:

"¡Si son chocolates se van a derretir!"

"¿Y si es un gatito y tiene hambre?"

"Veamos..."

"¡Puedo levantarlo!"

"Entonces, por lo
pronto NO es

un elefante

ni una pirámide
azteca,

tampoco
un tobogán
con arenero."

15

"¿Hace ruido?"

"Si ronca,
es un oso
hibernando."

16

"Si tintinea,
es un tesoro pirata."

"Si canta,
un pájaro
exótico..."

"Pero no hace ni *mu*."

Nino pensaba que su regalo debía ser algo
muy extraño, si él no podía adivinarlo
...y eso que casi tenía un año más.

—¡Es hora de acostarse, hijo!

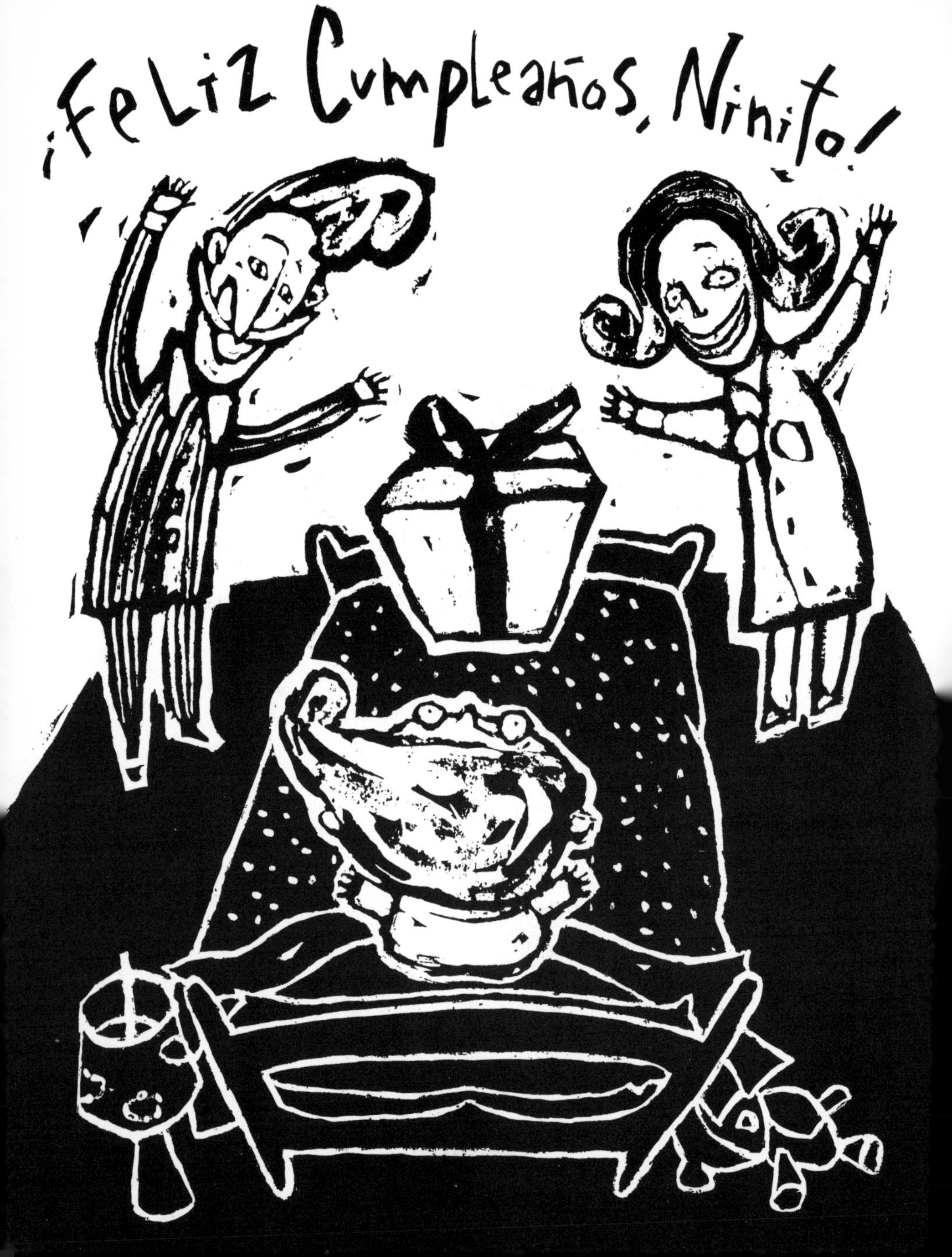
¡Feliz Cumpleaños, Ninito!

"¡Al fin sabré qué es!"

—¡Un libro sólo tuyo,
Nino!

—¡Un...!

"¡Jamás me imaginé algo así! Es una broma
de mal gusto, ¿verdad?"

"¡No habla, no canta, no sirve para pasear sobre él, ni jugar ni NADA!"

—¡Pero si aún
no has abierto tu regalo!

—¿...Abrir? ¿Como un armario?...

"¿Y qué puede haber
de interesante en... esta cosa?"

"¡Qué susto!..."

"¡Ya sabía yo que era una broma!"

Este libro se terminó de imprimir y encuadernar en el mes de junio de 2005 en Impresora y Encuadernadora Progreso, S. A. de C. V. (IEPSA), Calz. de San Lorenzo, 244; 09830 México, D. F. Se tiraron 3 000 ejemplares.

La ovejita negra
de Elizabeth Shaw

—Esa oveja negra no me obedece —se quejaba Polo,
el perro ovejero del pastor—. ¡Y piensa demasiado!
Las ovejas no necesitan pensar.
¡Yo pienso por ellas!
    Una tarde, de pronto, comenzó a nevar; las ovejas
estaban solas.
    Y ¿a cuál de ellas se le ocurrió qué hacer para
resguardarse del frío durante la noche?
    ¡A la ovejita negra!

*Elizabeth Shaw nació en Irlanda en 1920. Escribió e
ilustró muchos libros para niños y jóvenes. Murió en
Alemania en 1993.*

La peor señora del mundo
de Francisco Hinojosa
ilustraciones de Rafael Barajas 'el fisgón'

En el norte de Turambul había una vez una señora que era *la peor señora del mundo*. A sus hijos los castigaba cuando se portaban bien y cuando se portaban mal.

Los niños del vecindario se echaban a correr en cuanto veían que ella se acercaba. Lo mismo sucedía con los señores y las señoras y los viejitos y las viejitas y los policías y los dueños de las tiendas.

Hasta que un día sus hijos y todos los habitantes del pueblo se cansaron de ella y decidieron hacer algo para poner fin a tantas maldades.

Francisco Hinojosa es uno de los más versátiles autores mexicanos para niños. Ha publicado en esta colección **Aníbal y Melquiades, La fórmula del doctor Funes** *y* **Amadís de anís… Amadís de codorniz.**

para los que están aprendiendo a leer

Un montón de bebés
de Rose Impey
ilustraciones de Shoo Rayner

La señora Sincola tenía tantos hijos que no sabía qué hacer.

Tenía treinta y un bebés.

Un día le dijo a su marido:

—Cuidar bebés es un trabajo muy pesado

—No tanto como enseñar, querida.

—Tal vez deberíamos cambiar por un día. Y así veremos cuál trabajo es más pesado.

—Muy bien —respondió su marido.

Y eso hicieron…

Rose Impey trabajó como maestra y también cuidando bebés. Le gusta leer sus cuentos en escuelas y bibliotecas. Vive en Leicester, Inglaterra.

para los que están aprendiendo a leer

Bety resuelve un misterio
de Michaela Morgan
ilustraciones de Ricardo Radosh

A Bety le gusta ser útil. Un día, limpiando la selva, se encuentra una lupa.

"Ajá", piensa. "Voy a convertirme en una detective estrella. Sólo me falta un misterio."

Y se pone en marcha…

Michaela Morgan es una autora inglesa a quien, además de escribir, le gusta mucho trabajar con niños.

El invisible director de orquesta
de Beatriz Doumerc
ilustraciones de Áyax y Mariana Barnes

El Invisible Director de Orquesta estira sus piernas y extiende sus brazos; abre y cierra las manos, las agita suavemente como si fueran alas… Y ahora, sólo falta elegir una batuta apropiada. A ver, a ver… ¡Una vara de sauce llorón, liviana, flexible y perfumada! El director la prueba, golpea levemente su atril minúsculo y transparente… ¡Y comienza el concierto!

Beatriz Doumerc nació en Uruguay. Ha publicado, tanto en España como en América Latina, más de treinta títulos. En la actualidad reside en España.

10/15/08